AF384818

FAGUS

Aphorismes

PARIS

BIBLIOTHÈQUE INTERNATIONALE D'ÉDITION

E. SANSOT et Cⁱᵉ

7 — Rue de l'Eperon — 7

1908

APHORISMES

· FAGUS

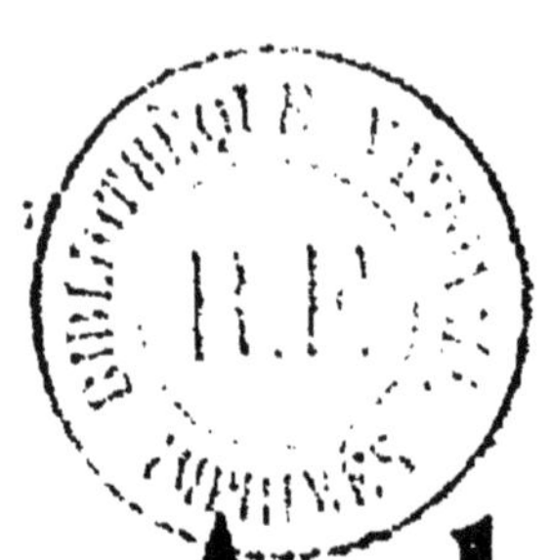

Aphorismes

PARIS

BIBLIOTHÈQUE INTERNATIONALE D'ÉDITION

E. SANSOT et C

7 — Rue de l'Eperon — 7

1908

OUVRAGES DE L'AUTEUR :

Colloque sentimental..., vers : 1898.

Testament de sa Vie première, vers : 1898.

(Ouvrages de jeunesse)

Ixion, Poème : 1903.

Jeunes Fleurs, vers : 1906.

Les Eglogues de Virgile, traduites en vers (inédit).

DÉDICACE

Décembre, midi ; le Palais-Royal tout gris s'aplatit sous la neige toute blanche. Entre deux arcades, un Poëte au pilastre adossé, mastique des pommes de terre bouillies qu'il pêche dans sa poche une à une, cependant qu'à la devanture du libraire, parmi les effigies de femmes nues, il considère, la Victoire de Samothrace.

Aphorismes

L'esprit de contradiction est le branle de l'univers.

L'élan d'une paille que le vent enlève, par delà les astres déporte son écho.

Entre chacun de nous et tout ce qui l'environne, un échange se prolonge jusqu'aux étoiles, et peut-être en vient.

L'homme est un gaz déchu.

Qu'importe que l'ovaire soit en lui ou bien hors : pendant l'éclair de la semaille, la femelle devient partie du mâle ; et que cela concilie donc la fausse contradiction : genése « par génération », ou « par création » *(ex nihilo).*

L'habitude est un poison lent.

C'est une habitude dix mille fois millénaire, qui de mains pourvoit le nouveau-né humain.

L'intuition est une mémoire qui s'oublie.

Le nouveau-né happe le sein, une limaille de fer vers l'aimant s'élance, et César, mûrement, pèse le contre et le pour, tous ayant autant et de même sorte raisonné.

La conscience est fille de l'habitude, l'habitude, mimétisme induré.

Conscience, pensée ou sentiments : opérations aussi simples à la fois et obscures, que n'importe quelle autre combinaison chimique (mécanique, voulais-je dire).

Le 1er Picantin : — Fagus vient de voler la petite Isis du Louvre ! — Taisez-vous donc, farceur !

2e Picantin : — Fagus vient de voler la grande statue du roi Charlemagne ! — Oh mon Dieu, est-ce possible ?

3e Picantin : — Fagus a fourré dans

sa poche les tours Notre-Dame ! — Ah !
au secours ! Fagus a volé les tours Notre-
Dame, et puis la tour Saint-Jacques, et
puis... au voleur ! au voleur !!

La créance croît avec l'invraisem-
blance : car c'est non notre raison, mais
nos émotions, qui nous gouvernent.

Il n'est pas plus absurde de croire au
tarot, ou même à la Sainte Trinité, qu'à
l'ordonnance de son médecin.

Ce que dénomme l'homme raison, est
la vanité seule de sa sensibilité.

L'instinct est l'humus de notre intelligence.

Notre jugement est le greffier, dur
d'oreilles, vénal, de nos sensations.

L'idée d'un geste c'est déjà le geste
achevé.

La pensée oublie trop qu'elle est rien
qu'un mouvement réflexe.

L'absurde est une logique délirante.

Plus de mathématiques enferme un
pauvre jeu de cartes, et plus de philoso-

phie, que tout le Discours de Descartes.

Les onze coups de onze heures durent plus à ouïr que les douze de minuit : et c'est fatal comme les mathématiques.

La Bruyère, de Rabelais :
« Où il est mauvais il passe bien loin
« au-delà du pire... où il est bon, il va
« jusques à l'exquis ».
Vers le même temps l'auteur du *Patiniana* (Bayle?) avait écrit de l'Arétin :
« *On a dit* de lui *ce qu'on disait au-*
« *trefois* d'Origène : Ubi benè, nemo
« melius ; ubi malè, nemo pejus... »

Fut-il, ô grand Condé, ton nez droit et mince : tel l'a David Teniers peint — ou bien dur et busqué, tel le sculpta Coysevox ? — Et ton nez, Cléopâtre ? (Mais Antoine n'en savait rien).

Tous les mots historiques sont vrais, étant faux. Un peuple entier, des générations durant, sur lui-même les modela comme son enfant la femme enceinte.
Entendez cela encore et des faits historiques, et de toute autre certitude.
Il n'est de vrai que la Légende.

Autant de contradictions et de même sorte entre les vérités, qu'entre les sept mille couleurs de l'arc-en-ciel.

Un cercle parfait réaliserait le mouvement perpétuel.

Un cercle est un axiome. Un axiome est un proverbe : vérité par consentement mutuel.

Des proverbes sont le fondement sentimental de nos sciences de raison.

Une évidence, par définition même, est rien qu'une apparence.

Il faut en toutes choses prendre parti : ou de croire toujours, ou de toujours douter.

> *« Je crois, je sais, je vois,*
> *je suis désabusée ».*

Toute notion naît d'une intuition. Nous n'acquérons de vérité certaine que par intuition : et c'est comme une fleur qui, nous ne savons comme, jaillit soudain en nous, d'une plante obscurément germée.

Un sage mort ne vaut pas une chienne en vie.

Archimède fut le plus grand des hommes jusqu'à la minute où certain caporal romain le supplanta équitablement.

— Je vais être inconvenant ; il le faut, pour nous renfoncer notre superbe d'hommes. Que dirions-nous s'il nous fallait nous aborder à la façon de ces braves chiens, et à leur façon accomplir l'amour ? Il ne s'en manqua que d'un coup de doigt du démiurge.
— Nous trouverions tout cela fort convenable : et avec raison, et notre superbe s'en nourrirait autant.

L'homme a l'intelligence comme l'éléphant a une trompe. Cette excroissance peut-être s'appelle une erreur (si l'on ose dire) de la nature, ou un coup de dés. Imprudence ou défi ?
L'homme est le témoin de Dieu.

L'homme est un animal avec plusieurs choses en moins et un quelque chose de plus.

L'homme est une intelligence desservie par des organes.

FAIS TA STATUE

L'homme poursuit un but et l'enfant son cerceau. L'essentiel est de se faire courir.

Au mauvais presque toujours le pire succède; mais après le pire quoi saurait venir sinon quelque mieux? Il n'est donc pas absolument déraisonnable de se de temps à autre retourner dans la grande poêle à frire.

Un but est seulement un moyen.

Tout prestige est beau — religion, beauté, honneur, amoureux délire... — qui surélève l'homme.

Tout être accomplit toujours toute sa destinée.

Le grand Corneille, dans son vers admirable, réduisit toute philosophie :

— Je suis Romaine, hélas, puisqu'Horace est Romain.

Et ceux-ci, un peu changés, enferment le plus haut bréviaire de morale :

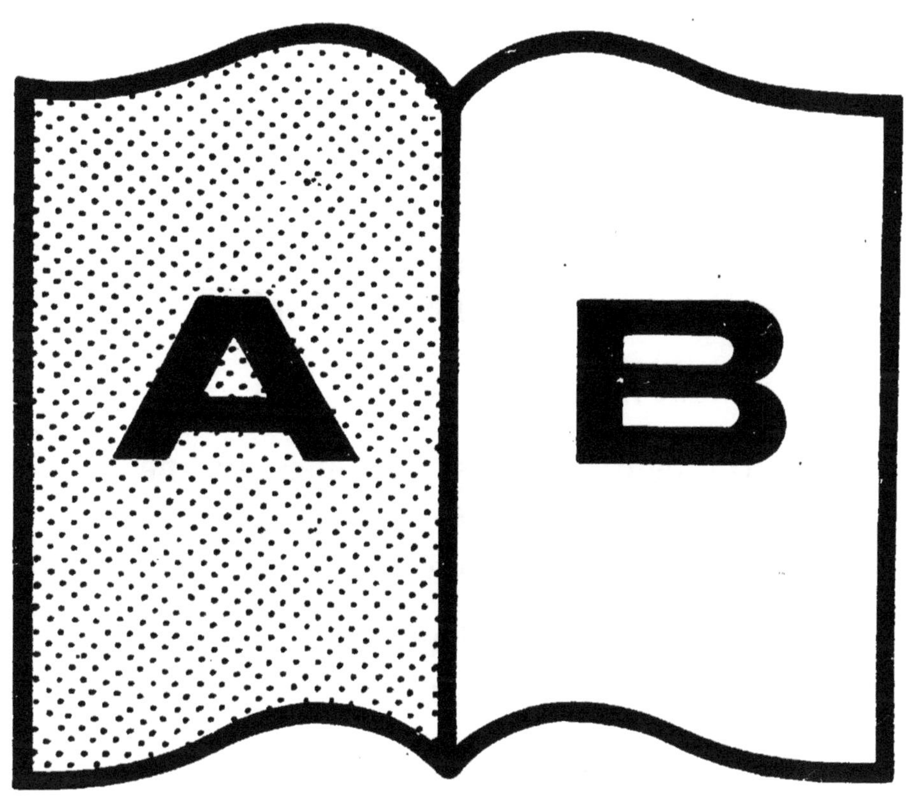

Contraste insuffisant

NF Z 43-120-14

— Que vouliez-vous qu'il fît contre trois ?

         — Qu'il mourût.

— *Non :* qu'un beau désespoir alors le secourût.

Hélas ils se contredisent ; et cette contradiction grandit encore Corneille.

Il faut lasser ta destinée.

On peut lasser sa destinée, on ne lasse pas son génie. Tout homme est l'esclave de son génie.

Qui n'est prêt à jouer sa vie ou bien celle de quiconque, quelle raison a-t-il de vivre ?

— Moreau, dit-on à Bonaparte, se pense meilleur stratège que vous.— En effet : il est le général des retraites.

L'homme de génie est à propos écervelé.

Le génie a des ailes ; l'honnêteté n'a que des pattes.

L'homme de génie est un joueur, et qui sait risquer, et qui sait tricher.

Si Napoléon s'était imbu de morales, il aurait fini détrousseur de diligences.

Un seul pouvait être Christ, et Jean-Baptiste combien peu, combien peu même saint Joseph. Chacun son métier.

Tui Statuarius esto.

Il est une façon seule de « faire une fin » : mourir ; toute notre vie n'est point de trop pour nous rendre digne de mourir.

La mort est un instant de la vie.

Mourir en saint, mourir en sage, mourir en héros, trois fins pareillement belles, et la dernière la plus aisée, alors que vivre en héros est peut-être surhumain.

Le poète est à l'humanité ce qu'à la fleur son parfum ; le héros ce qu'à la fleur son fruit.

Le héros paraît diriger, il précède.

Pourquoi t'abaisser jusqu'à t'enorgueillir ?

La fierté est la franchise de l'humilité. Aie la fierté de tes fautes.

Le héros est toujours prêt à tout.

La dignité supérieure est toute d'humilité.

La dignité supérieure est secrète.

SOIS TA STATUE

Toute ostentation repousse ; l'ostentation d'humilité répugne.

A l'homme bien né indiffère de ne pas manger tous les jours, pourvu que tous les jours il puisse mettre des gants.

Il n'est pas de petites besognes, il est de petits ouvriers.

Charles XII, s'il avait, au lieu de la gagner, perdu sa première bataille, fût devenu le premier guerrier de son temps.

Le plus périlleux métier est bien le métier de brave homme.

La vierge qui dit : Je vous aime, le

politique avec l'ennemi confabulant, le guerrier refusant un péril : la vertu peut toutes les hardiesses.

Les téméraires font les pires des poltrons.

Ce n'est pas le premier pas qui coûte.

La patience est vertu et lâcheté le résignement.

De choses inutiles il n'en est point : rien que des choses déplacées.

Evite le danger et ne le fuis point.

A la vertu on se façonne aussi aisément qu'à l'inconduite. Le premier pas fait tout, et le hasard le dirigea.

Le grand art n'est pas tant de saisir l'occasion que de se laisser saisir à propos par elle.

Nous ne prenons pas une résolution, une résolution nous prend.

Tout zèle est intempestif.

Dans les livres seuls la ligne droite

est le plus court chemin. Il n'est point de ligne droite dans la vie.

L'action est la fleur du rêve.

Force, génie, richesse ou beauté sont des saints.

Le sourire est d'un dieu, le rire est d'un esclave.

La souffrance est un bon précepteur.

Tous peuvent être tristes ; la mélancolie demeure l'apanage des âmes de qualité.

Quelque coquetterie chez les êtres bien nés, est comme le parfum de la pudeur.

FAIS TA STATUE

« — Je suis maître de moi comme de l'univers. » La première proposition contient l'autre (1).

(1) La Cathédrale de Chartres a sculpté la Liberté « *Libertas* » : non la dépoitraillée à bonnet rouge de Delacroix, mais une reine, lance au poing, couronne au front, et pensive.

La douleur est une fidèle amie.

Le renard du Spartiate.

Une volupté perverse nous espoin-
çonne à renfoncer en nous nos plus cui-
santes douleurs, afin de nous faire par
elles solitairement dévorer.

La pudeur a sa volupté.

Dissimuler est pire que mentir.

Conquiers ce privilège : en compa-
gnie, disant : Je, qu'on entende : nous,
et disant : Nous, qu'on entende : Je.

Préfère le mépris au dédain.

SOIS BEAU

Crains tes amis à commencer par toi.
Pour connaître si vous êtes l'un l'autre dignes d'être amis, après un an de
parfaite absence coupez-vous chacun
un doigt. Et ce ne sera cher acheté.

Eux aussi, les antiques, spécifiaient
le malheureux chose sacrée, mais au
rebours de nos maladives sensibleries
— lesquelles prétendent l'indemniser

ainsi de quelque prétendue injustice du destin — eux révéraient en sa victime élue l'ordre sacré qui mène l'univers et nous, et qu'il faut adorer sans l'oser comprendre. « *Sacer esto !* ».

La clémence, vertu des forts, chez tous autres signifie lâcheté sycophante.

Les humbles font les pires tyrans.

Epargner peut être pis qu'exterminer : c'est dédaigner.

Yago, Nicomède ou Prusias ?

Le monde enferme peu de héros, et moins encore de réels scélérats : la lâcheté demeure la vertu cardinale.

L'ingratitude autant au-dessus de la gratitude se situe, que l'homme au-dessus de l'animal.
Et la pitié au-delà de l'une et l'autre plane, de tout ce qui distance un archange du reste de l'univers.

La pitié qui point n'émane de quelque véhément amour est une envie n'osant s'avouer.

Ce que dénomme « droit » le vulgaire purement signifie l'exercice d'un devoir, c'est-à-dire d'un pouvoir, c'est-à-dire d'un privilège. Il n'existe que par son exercice et se définit ainsi : la servitude de l'exercer.

Revendiquer des droits est avérer l'impuissance d'exercer ses devoirs.

Beauté, génie, sagesse, force, ruse, richesse... que de droits, que de devoirs !

Les vrais hommes d'action sont les instruments d'une fatalité.

Les grands hommes ne le sont que de loin ; et en effet, ce don, être visible de loin, ne fait-il pas tout le grand homme ?

Deux planètes ne sont pas davantage l'une de l'autre distantes, que ces deux hommes qui se rencontrent, et s'étreignant les mains.

Et les hommes supérieurs aussi lointains des autres que de l'amas des planètes une étoile.

Plagiat. — Voleur ! cela, je l'écrivis

avant lui ! — Et moi aussi ! — Et moi !
et moi ! et moi !

— Indigents ! avant moi, oui : vous
tous, et combien d'autres encore ! mais
après moi, personne : vous le décou-
vrîtes, je l'ai inventé.

Au salon ne parvient-on, sinon par
l'antichambre (ce veut honnêtement
dire : par l'escalier de service). Entrer
par la grand'porte, c'est proprement
pénétrer par la brèche.

Tu hantes le monde ? cache tes deux
mains — la rue ? ferme tes poings.
Ganté toujours.

Les gens trop aimables me donnent la
démangeaison de les sonder par devant
et derrière, afin de connaître où leur
sexe gîte.

Entre ceux-là qui plaisent à tout le
monde et toi, sème du sel.

RESPECTE TA MAIN

Le vrai grand homme ne sait déni-
grer ses pairs, ni les bousculer de louan-

ges ; ce qu'ils valent il le dit, ainsi que fait pour tous, et pour lui-même : il sait tout comprendre.

L'être de moyenne envergure comprend infiniment moins les êtres supérieurs, que n'y parvient le pur simple d'esprit.

Qui couche avec une femme, couche avec le mari.

Maint écornifleur se tiendrait déshonoré, frustrant d'un liard ce mari dont il tripote la chair.

La laideur a le mauvais œil.
La sottise plus encore.

Le péché porte trois noms : Laideur, Maladie, Pauvreté.

Qu'il était riche, Epictète ; Verlaine, que tu étais beau !

C'est péché qu'être malade, puisque c'est dissonance.

Boutade de rhumatiseux :
— Le malade intéresse : il crève, ou

guérit ; mais quoi de plus méprisable qu'un infirme ?

Ce n'est pas les malades qu'il convient soigner.
C'est son mal que le malade soigne.

Le génie s'appelle la santé suprême.

La mer est verte et bleue, et la forêt, et la montagne : et le ciel ! Peut-être est-ce pour quoi ils nous assérènent et confortent, proposerait un physicien ? — Peut-être, observera le Poète, est-ce l'inverse précisément ? Tous deux sans doute avec raison.
C'est peut-être de voir rouge périodiquement, qui fait les femmes de tant instables mécaniques ?

Si tu veux, poète, ouvrer de clairs poèmes, délaisse musiques, poèmes, peintures, et architectures mêmes : descends au cirque vers les fiers, les divins gymnastes.

Tout métier est sacerdoce, ou bien un putanat.

On ne se lasse point d'un beau spectacle, on ne s'en peut détacher : formant nécessairement un juste rapport, avec toute la nature il vibre, et donc à notre unisson. Il accroît notre vibrement, ô mamelle de santé.

Un magistrat, un apache : — « *Le beau crime !* ».

Toute belle chose est hygiénique.

La nature est une sublime brute.

Tout jeu s'efforce vers une danse.
Guerre, meurtre, amour, sont des danses. Le libre arbitre est une danse.
Le hasard est une danse.

Jeu, ivrognerie, luxure : défis risibles et sublimes de l'homme à sa fatalité.

La luxure est profondément triste, comme tout ce qui est très beau. — Comme le jeu. — Comme la joie, hélas !

Le sacrifice représente la perversité suprême.

Volontiers me pocharderais-je, sans

un gésier si frêle ; que l'amour me gau-
dirait n'étaient les traîtrises de mes
reins ; et les combats, quelle fanfare
pour mon cœur si je n'étais né poltron !
Faute d'autre ivresse, je rime .

Cela qu'à la pointe de son téton la
femme, pour son orgueil et notre délice
brandit, en tout autre lieu du corps,
nous figurerait une dartre.

Toute chair vivante fleure le pourri.

Le plaisir, c'est le reflet d'un éclair
sur l'eau dormante d'un lac ; on le prévoit, il est déjà là, il n'y est plus : on
ne touche et hume rien qu'une eau
noire et froide, et de lui rien ne con-
serve qu'un trouble et douloureux
éblouissement.

Le bonheur ! il se goûte dans la seule
inertie ; l'effort pour le savourer, l'effort
pour y assister, de lui soudain nous
dédouble, qui devient le bonheur d'un
étranger.

Toutes nos jouissances habitent le
passé.

Plaisir d'amour hélas se fait un douloureux spasme lorsque l'aimée possède cette *trentième perfection* à si bon droit cependant recherchée : alors, quoi ?

Dès l'instant, le geste de l'amour, que vous ne l'accomplissez point dans la volonté pure de semer ; qu'une quelconque attente de volupté s'y mêle : dès lors, que ce soit avec votre femme, ou celle de l'ami, ou celle de tous, ou une fillette, ou un garçon, ou avec.vous tout seul, vous êtes ni plus ni moins coupable — si coupable il y a.

Le lubrique n'est qu'un gros gourmand : mais un vicieux vrai, quel gourmet !

La vengeance à celui qu'elle aiguillonne institue bien mieux qu'un « droit » : une nécessité physique, mécanique : « réaction égale et contraire à l'action ».

Deux mets à savourer froids : vengeance, luxure.

Mahomet vieux :

« ... Et parfois il faisait mettre une femme nue,

« Et puis la regardait, disant : Au ciel la nue,

« Sur terre la beauté... »

Cela ! la plus pure des humaines voluptés, — ayant enfin les glaces de l'âge affraîchi les chaleurs humaines — les temps civilisés, à ce sage, à ce saint, jetteront une risée méprisante : — Vieux débauché !

L'utilité nous tyrannise.

Le vrai luxurieux voudra des filles fort jeunes : qui sont vicieuses — ou des femmes mûres : qui sont savantes.

Satyres. — Quoi de plus infamant : se satisfaire sur un jeune garçon, enceintrer une jeune fille ?

Gueux un peu plus que ne sied même à un poète, je regrette parfois telle ou telle prodigalité feue, mais j'en jure par toi, saint Vital, celles par les filles galantes, soutirées : jamais.

— Savez-vous rien, prononce Madame Trou, de plus dégoûtant que le saphis-

me ? — De plus répugnant que Sodome,
appuie Monsieur Membre son époux ? —
Oui, Monsieur, Dame : l'amour conjugal que vous m'imagez.

Je sais deux sortes de moralistes : les
eunuques, les proxénètes.

La pudeur sexuelle est l'aveu que
notre appareil cloche par quelque part.

La joie est impudique, c'est peut-être
sa beauté.

La pudeur plaît chez la femme surtout : la femme est faible.

Etre propre veut dire : s'approprier
à l'instant ; donc, sans paradoxe, être
sale quand l'instant exige : ce qui
arrive.

La saleté est peut-être une charité
suprême.

La propreté impénitente est la vertu
des sépulcres blanchis : Robespierre, les
protestants...

La morale c'est le savon sentimental.

Le cerveau protestant me figure un sépulcre blanchi, feutré de toiles d'araignée.

Agissons-nous jamais selon la morale ? Verbiage : *notre* morale prévoit comme nous agirons et spontanément se modèle là-dessus.

Sois ce que tu es.

Tout homme contient sa morale.
Tout homme digne d'un tel nom se construit sa morale.

SOIS TA STATUE

Ceci seul condamne les vices, mais les condamne absolument : ils sont de servitudes.

Le sens moral indubitablement existe, ou bien l'homme ne serait pas : c'est ni plus ni moins que le sens géométrique.

Le libre arbitre existe en morale puisqu'il existe en mécanique, où il se nomme « indépendance des mouvements simultanés ».

Il aide à démontrer que la terre tourne ; si les philosophes comprenaient la mécanique et surtout la philosophie, ils en auraient pu déduire l'existence de Dieu, et s'il était utile de démontrer l'existence de Dieu.

Le libre arbitre est une danse.

Une preuve récemment perceptible, mais *actuellement* la plus décisive de la souveraineté de la religion catholique, sa divine harmonie nous la propose. Telle fut la payenne, objectera-t-on ? Ce les avère simplement deux instants d'une religion unique : la Religion. Arrachez lui son « paganisme », de la religion catholique il demeure la triste viande protestante, ou un judaïque squelette.

Sur cette feuille de rosier une Europe de pucerons grouille : des aristocrates et des prolétaires s'y dévorent je m'imagine, des politiques y fomentent de sublimes stratégies ; et pareillement vains, tous ces voraces, de leur importance de pucerons sous l'azur ensoleillé, jusqu'à la seconde où mon talon aveu-

gle les achève en quelque bouillie. —
Autour de toi, poète admis aux rondes
des mondes, les peuplades humaines
s'entredévorent ainsi, et méprisant de
toute leur hauteur ton inutilité : — Non,
mais voyez-vous ces pucerons ?

— Eux, te peuvent écraser. — (Et
puis ?).

Nous croyons à ce que nous craignons
plus encore qu'à ce que nous désirons.

Un malheur, un bonheur irréalisés,
également nous déçoivent, et la fausse
crainte est une fausse joie : tant nous
oppriment nos impressions.

Le mensonge est d'institution divine :
Que la lumière *soit !*

Un faux témoignage est un suicide.

L'affirmation donne l'être à ce qu'elle
affirme.

Le mensonge ingénu devient vérité
nouvelle.

Le faux témoin est la preuve vivante

de l'enfer : il s'y met ; il témoigne pour le diable.

Nul argument qui balance un oui, un non, passionnément proférés.

Désapprends de conclure pour apprendre à penser.

Convaincre l'adversaire est le tuer un peu.

Discuter l'opinion d'autrui c'est vouloir arracher un clou à coups de marteau.

Nos arguments contre autrui apportent à lui de neuves raisons de croire, à nous, de douter.

Utilise tes ennemis.

N'aboie point, mords, ou musèle-toi.

On t'a frappé ? silence, il est déjà trop tard.

Pourquoi frapper sinon pour abattre ?

Les chiens bien battus sont les mieux fidèles.

« — Cette action d'autant plus criminelle qu'elle est inutile... » :

la morale des gens du commun se démasque naïvement.

L'honnêteté chez les imbéciles représente seulement une imbécilité de plus.

L'originalité c'est de se laisser aller à la nature.

Précéder c'est encore suivre.

Quoi de plus malaisé qu'être naturel avec naturel ?

L'admiration n'est pas une bavarde.

Soyons des enseignements, non pas des enseigneurs.

Quelle infirmité, n'est-ce pas, mon cher, cracher, et... le reste ? Mais, parler sans nécessité ?

Que ne se prenne l'âne à brouter des fleurs s'il ne veut mourir de faim.

— Ah, j'ai ma dignité, moi ! toi que je hais, je te lécherais les pieds, et plus, afin de plus tard te dévorer.

L'homme bien né suit à la trace la

déchéance d'une époque en mesurant les pieds des femmes, et en les regardant marcher.

« — On n'est jamais sali que par la boue ». — Celle qu'on manie.

C'est par respect de soi qu'il ne faut coucher dans le lit d'autrui.

— O mon Dieu, par pitié, brâme l'âne de Buridan, faut-il prendre à droite, faut-il à gauche ?

— Eh qu'importe : il ne faut que prendre parti.

— C'est bien cela qui m'embarrasse, ô mon Dieu.

Homme d'action, consulte un seul aléa : l'*alea jacta est* (ceci n'est point un jeu de mots).

Le génie est la naïveté suprême.

Le vrai grand homme est une musique.

Quoi que tu accomplisses, demeure-lui toujours supérieur.

L'homme « spécial » et l'universel sont superficiels pareillement.

Pour consoler l'âne de Buridan.

Le libre arbitre serait la plus noble conquête de l'homme, si le chien n'avait inventé mieux encore, quand il court après sa queue :

Volvitur Ixion et se sequiturque fugitque.

Quand j'ouïs un gaillard glapir : Liberté ! Justice ! Droit ! Egalité ! Raison ! (ah, Raison, surtout !)... J'attends de le voir se mettre à quatre pattes et faire : ouah ! ouah ! ouah !

Question de patience.

Que les bons se rassurent et que les méchants tremblent.

— Tu crains la Justice : ta conscience te fait donc peur ?

— La mienne, non : celle de mes juges.

Que d'aventure t'atteigne l'insigne de l'honneur, adopte une mise modeste, voire indigente. S'il est moins profitable, il vaut mieux passer somme toute pour quelque savant illustre que pour un imbécile influent.

La nation heureuse n'est pas celle exonérée de pauvres, c'est celle où les citoyens ont le droit d'être pauvres.

Une époque est jugée où le bourgeois se gave et le manœuvre s'empiffre, où le noble sert de pantin, le prêtre de larbin, le poète d'excommunié.

Aux époques de bassesse tout le monde mendie, et la pauvreté devient héroïsme et prend tournure d'infamie.

Quand on reluque combien — calotins ou youpins — tous ces honnêtes gens sont gras, et prévoit combien le veulent être ceux d'en bas grimpant les dévorer, on révère comme un archange le justicier Emile Henry.

La déchéance moderne eut un héraut par étape : Rabelais, Voltaire, le petit Thiers.

— « Sale comme un peigne, dit le peuple (moderne), et : propre comme

un sou » — se confessant ainsi avec
l'ingénuité d'un jeune chien.

« *Krieg ist Krieg* ».
Je pardonne aux boutiquiers d'avoir
en 1871 massacré 30.000 communards ;
je ne puis pardonner aux communards
de n'avoir pas saigné 30.000 boutiquiers.

Pensée de 18 mars ou bien de 28 mai.
Ouvriers ou bourgeois, la foule exècre la guerre : elle pratique l'assassinat.

— Faut-il hurler avec les loups ?
— Il faut hurler contre les loups
— Non : les étrangler, sinon se taire.

— Nous abolirons, oui, la peine de
mort, Monsieur !
— A partir de quel âge, Monsieur ?
(Cela se passait dans un cimetière).

Le jeune veau sans cornes beugle au
boucher accourant avec son grand cou-
teau : — Je ne t'éventre pas, car je suis
adversaire de la peine de mort.
— Tu ne pouvais mieux dire, ricane
le boucher.

Depuis l'aurore des mondes la force prime le droit, selon que récrimine le débile. Le malingre invoque ainsi piteusement quelque prétexte à subsister, et contre l'évidence immédiate s'échafaude une vraisemblance de paravent : la force est le droit lui-même.

Six cent mille êtres à deux pieds s'exterminent en Cimmérie. Quelle infernale puissance put bien pousser ces créatures raisonnables ? — Eh mon Dieu, tout bonnement sans doute l'harmonie universelle : ce terroir devait manquer de phosphates.

— « Cette guerre d'autant plus criminelle qu'elle est inutile... »
Nous taxons innocemment d'inutile ce dont l'utilité tant surpasse nos pauvres utilités d'au jour le jour, que nous ne la pouvons concevoir. L'orage qui purge le ciel et la terre semble aux fourmis, je gage, quelque funeste inutilité.

Guerre ou paix : affaire de météorologie.

— N'est-ce pas inconcevable, ces êtres intelligents l'un contre l'autre se ruant uniquement parce que l'un est juif et l'autre chrétien ?

— N'est-ce pas inconcevable que des êtres intelligents s'aillent ruer l'un contre l'autre uniquement parce que l'un est chien et l'autre chat ?

Dans l'arène, des barbares font s'entredéchirer un taureau et un lion, bientôt expirants dans leur frénétique héroïsme.

— Immonde spectacle ! beugle un cœur sensible. C'était le boucher qui loua le taureau. `

Lequel mieux vaut : périr à vingt-cinq ans dans une bataille, ou à vingt-six pourrir dans la tuberculose ?

La guerre forme vraiment un débouché misérable. Sur un humain par seconde moyennement qui meurt sur terre — par siècle trois à quatre milliards — le XIXe siècle par exemple (un des plus meurtriers : le progrès accrois-

sant toutes choses) en vit belliqueuse-
ment finir au maximum dix millions.

Ne prononce pas à l'exemple du
guerrier : La guerre est sainte, mais :
La guerre est saine.

La guerre est la purge des races,
comme la maladie la purge des indivi-
dus.

La guerre tient en puissance de vie
ou de mort ; chaque peuple donc y met
toutes ses facultés de tout ordre — ou
se condamne. Il est donc équitable, il
est donc moral que le vainqueur dés
lors en toutes choses prédomine. C'est
le jugement de Dieu.

Près la grève, sur le talus, mère araignée capture une belle mouche bleue ;
une hirondelle sur le couple s'abat, l'enlève : et retombe abattue par la fronde
d'un jeune mauvais sujet, qu'un autre
rôdeur aussitôt, après une rixe, as-
somme ; et montent à l'assaut du cadavre, et des escadrons de mouches bleues,
et de crabes un bataillon, dont je man-
gerai peut-être.

Ainsi se transmet fraternellement la vie.

.   .   .   .

Un prêt restitué vingt fois n'est jamais acquitté.

Le prêt est la plus fructueuse usure.

Rien ne sollicite que tu ne sois capable de prendre.

Emprunte, prête, au passant que voilà. Si ce doit te retenir de mourir de faim, « tape » sans honte l'ami ; si lui t'offre le premier, refuse, dusses-tu tomber l'instant d'après.

L'ami qui offre (ou demande) autrement que sans retour osera-t-il se dire un ami ?

Directement ou non, tous nous vivons sur le prodigue ; d'où notre parasitisme inné l'estime en le méprisant, et tant exècre l'avare, ascète qui pour l'absolu renonce au monde et à ses œuvres.

Qui prête aux pauvres s'enrichit.

« *Façon d'exprimer.* » *A Monsieur J. D.*

« — J'aime que vous n'êtes pas emprunteur, disait ce riche à ce pauvre ».

Féroce comme un mendiant.
Vil comme un riche.

Le don est une opération de commerce, moralement fructueuse, et matériellement, aux deux parties.

Le pauvre qui repousse l'aumône est plus riche que les plus riches.

Mendier est une passion de riche.
Comme soudain le riche s'apauvrit dont le pauvre dédaigne le gros sou !

A deux êtres mendier est méritoire : prêtre et poète ; ils perçoivent le denier de Dieu.

Combien voler est noble, auprès de solliciter !
On ne saurait être, dit Mirabeau, que mendiant, voleur ou salarié (dans une société moderne). Le mendiant est un salarié, et le salarié un mendiant ; seul le voleur ne doit rien qu'à soi.

Belle Madame Antisthène, au reflet de l'écu de cent sous battant dans la bourse de mailles d'or, sur votre cœur pendue, j'ai connu que la bourse était de faux or.

La femme de l'ouvrier soupire après l'armoire à glace de l'épouse au contre-maître ; celle-ci après la « salle à manger » de la dame de l'employé ; laquelle après le piano de la bourgeoise, et celle-ci après la salle de bain de la mondaine. Et voilà comme l'envie, menant nos femmes, mène notre société.

De l'angélique et déchirante *Eve future*, deux phrases résument l'héroïsme moderne.

— « Le télégramme que j'ai reçu tout à l'heure était d'une concision si éloquente que j'ai mis mes gants en chemin pour la première fois de ma vie. »

Et : « Il eut l'honneur d'être pauvre ».

Les déchus de haut plus aisément acceptent l'aumône : en manière de légitime tribut.

L'homme du commun exècre l'intelligent plus qu'il ne hait le riche : de l'or il en peut espérer.

Ce n'est pas le riche que les humbles haïssent, mais la richesse.

« Il y a des fortunes qui crient : Imbécile ! à l'honnête homme. »
— C'est que la majorité des hommes honnêtes, le sont par seule imbécilité.

Politique. — « Il y des honnêtes gens partout ».
— Même parmi ceux « qui tiennent le manche ». Mais parmi ceux qui se tiennent « du côté du manche », j'ose dire : jamais.

La fortune est femme, et bien le montre : elle n'aime pas les hommes supérieurs.

L'honnêteté, c'est de suivre franchement son génie ; le prédestiné riche (il en est moins que le commun ne se figure) ne peut pas davantage s'empêtrer de scrupules, que s'attarder le soldat à ramasser les morts qu'il produit.

Etre riche est une vocation, comme poète, diplomate, ou rôtisseur.

— De quel droit enfin, moi, bon, génial, etc... tombai-je dans le malheur ?
— De quel droit la foudre frappe-t-elle ici, plutôt que là, enfant ?

Il est autant équitable, et moral, qu'un scélérat rejoigne la fortune, qu'il l'est qu'un poète surmonte un beau poème. Le choquant est qu'il la manque. Mais un imbécile riche fait lever le cœur comme une indécence.

Voulez-vous connaître s'ils furent pour la richesse construits ? demandez-leur soudain de quelle façon ils l'emploieraient : aucun peut-être ne saura que répondre. Vous tout le premier, je gage.

Celui de qui ne sait le ventre s'élargir à mesure que la table, et s'agrandir les yeux au-delà du ventre, il naquit pour lécher les murs.

— « Il n'est pas de petites économies ».
— J'entends : Il n'est pas de trop petites petitesses.

L'avarice est passion, et l'économie vice.

L'avare, oh le plus désintéressé des amoureux, oh le plus profond des symboliques ; mais, s'il « mettait une pierre à la place » ? oh, il serait alors riche à faire craquer la terre !

Aussi ingénument se pose sur les imbéciles la richesse, que sur l'excrément les splendides mouches d'or.

Ce n'est pas la bassesse de condition qui t'a fait peuple, c'est la bassesse d'âme.

> « ... *Les Vashias ou marchands, sortis de son ventre, et les Soudras, sortis de ses pieds...* »

Le bourgeois méprisant l'ouvrier me remembre cette fille de parvenus disant : Sale comme des pieds.

— Nous donnons à dîner mardi, mon cher poète : vous serez des nôtres, n'est-ce pas ? n'oubliez pas d'apporter vos derniers vers.

— Je reçois jeudi des poètes, chère

Madame : vous n'oublierez, n'est-ce pas, d'apporter vos derniers coupons de rente ?

— Moi, susurra Mademoiselle de Sainte-Ampoule de Saint-Phlyctène, se dévêtant de sa fourrure, je ne puis souffrir qu'on brutalise les bêtes. — Vous les aimez ? — A la folie ; je voulais cette saison apprivoiser un lézard : j'en eus successivement huit ; ils moururent tous ; je dus m'arrêter, la saison était finie.

Et toute triste elle posa le chapeau suave où se balladaient les dépouilles de 34 petits oiseaux.

Si devant un pontife pontifiant dans sa noble barbe et sous son superbe chapeau tu sens t'envahir un respect, image-toi le pontife faisant l'amour, ici même, paré de sa noble barbe et de son superbe chapeau : le rire vengeur à l'instant te guérira.

O moraliste, ô stoïcien, qui de toi prétends écarter tout ce qui est laid, sot, méchant, penses-tu, qui que tu sois, échapper à ton miroir ?

Nul logis qui ne recèle son cadavre ; le bon politique sonde à propos les planchers.

Jadis, naguère, on louait ainsi : Cet homme a du caractère, de la profondeur, du poids. Aujourd'hui : Cet homme a de la surface.

L'éloge viril et civique fut jadis : Il a du cœur. Aujourd'hui : Il a de l'estomac.

L'un sait prodiguer son sang, et l'autre retenir jusques à sa diarrhée.

Alors que dans l'infortune le commun des hommes accuse tout le monde à commencer par la fortune, l'homme supérieur se montre à, quoi qu'il arrive, n'accuser jamais que soi.

Ce n'est pas Néron qui brûla Rome, c'est le fisc ; la Ville éternelle était débitrice d'une once de potasse, qu'il extrayit (*sic*) loyalement des cendres, frais défalqués.

Que de choses dans un menuet ! Le jour où cette parole apparut risible, une race perdait le sens de son harmonie, et de toute harmonie.

Penseur, ou politique, ou poète, garde-toi de biffer les contradictions de ton œuvre : elle leur doit la vie.

L'idée fixe de la ligne droite image chez un peuple (comme toute idée fixe) l'approche de la démence et de la sénilité.

Dès que profère un homme : Un et un font vraiment deux, — tu vois apparaître les deux cornes de Satan.

Hé bonjour donc, mon cher poète... la noce de ma fille fut un peu froide : si j'eus su, je vous eusse invité.
— Mauvaise affaire, Monsieur Josse : je me tiensse bien dans le monde.

Les imbéciles ont la prunelle opaque.
Sous le ciel deux races : les fous, les imbéciles.
Le bon sens est le génie des médiocres.

— Le Louvre brûle ! le Louvre brûle !
— Ah mon Dieu ! le magasin ?

— Le musée du Louvre brûle !
— Etait-il assuré au moins ?

Le Parisien du xx° siècle au Provincial exhibe les curiosités de sa ville :
— Ici, rien à voir : la Morgue est fermée :
C'est au chevet de Notre-Dame (1).

Soyons logiques. Riche, j'acquerrais l'étoile des braves et la situerais, cocarde, au chapeau de mon cocher, ce serait tout à fait beau.

Le médiocre aussi naturellement s'élève, qu'un bouchon de liège avec la marée.

Que se retienne le veau de brouter des roses : cela pique.

— C'est déjà mon sixième enfant ! hein, on travaille bien, chez nous ?
— Les cochons d'Inde, citoyen, travaillent mieux.

Ces funestes malheureux, de parce que cuistres de profession, vocation,

____

(1) Le xxı° siècle simplifiera : il n'y aura plus de Notre-Dame.

nativité, se permettent de critiquer, blâmer, louer, Eschyle, Shakespeare, Beethoven, Rodin : que dis-je ! les expliquer. Aussi bien feraient-ils de la couleur du nuage, le vol de l'abeille, Dieu même : et d'ailleurs, ils expliquent Dieu si aisément !

— De quoi donc enfin vous plaignez-vous ? Suis-je pas un excellent garçon ? le meilleur garçon que vous puissiez découvrir ? incapable de faire le mal ?
— Oui : les ennuques dégoûtent.

C'est d'avoir raison toujours qui rend insupportable le loyal Boileau.

Ah, ces êtres, et leur honnêteté des dimanches !

Amis jusqu'à leur poche exclusivement, inclusivement jusqu'à ta livre de chair.

Je sais un lieu plus émouvant que le b..., une soirée mondaine ; plus lascivement jolies les dames et savamment dévêtues, pour une conclusion même, avec mieux de luxure.

La belle Madame X..., la superbe Madame X... s'offusque : son épaulière tombant, je lorgnai sa moëlleuse épaule.
— Madame, ce soir, à l'Opéra, pour 2 fr. 50, je serai voyeur de l'une et l'autre, outre la presque plénitude de vos deux mamelles.

Colloque pour tous pays :
— Quel temps dehors ?
— Il pleut toujours.
— Sale gouvernement !

Là où règne la multitude, son règne bientôt se définit un troupeau derrière une bande.

La fierté de bassesse est la seule que, par définition même, tolère l'égalité.

— De quel droit est-il, celui-là, riche, honoré, puissant, alors que, pauvre, obscur, envieux, je végète ?
— Oui, devant celui-ci et ces autres, intelligents, ou beaux, ou chanceux, pourquoi es-tu sot, bossu, envieux, ou simplement malchanceux, dis, pauvre bête ?

— Le Poète parler à la rue ? — Un savetier lui parle bien ! — Justement : *ne, sutor, ultra crepidam.* — Le Prêtre interpelle, lui, et du pied d'un autel.

L'honneur fut, assurait l'autre, l'axe des monarchies. Soit, mais je vois bien que d'une démocratie, l'envie est le ressort.

Sous le régime égalitaire, tous parlent, à la fois, d'ailleurs peu de temps chacun : les autres y veillent.

Athènes, ou Venise, ou autre, ou ton village ou l'office, partout là où chacun met la main à la pâte, chacun espionne, et dénonce en chacun les crimes qu'il rêve les plus noirs : ceux qu'il rêve d'accomplir. Et tous ils disent peut-être vrai.

Là où tout le monde commande, deux accès seuls pour s'élever, et au plus haut : police et bureaucratie.

De coquin ou imbécile, lequel le plus de chances assemble ? Je penche pour le dernier.

Un chef de bureau adroit, est mieux

gagé, un garçon de bureau bien posté
pèse plus qu'un sénateur ; peut-être
parce qu'un sénateur n'est pas nécessairement propre à faire un garçon de
bureau.

Le suffrage universel représente une
ménagerie à l'heure du déjeûner. Cette
même humanité qui du temps qu'il l'en-
fièvre le tient vraiment pour divin, re-
venue à elle aurait peine à concevoir
que se soient des humains asservis à
une conception d'animalité en délire

« L'odieux privilège de la naissance ? »
Mais c'est ce droit animal divinisé que
s'alloue, passé 21 ans et 9 mois, un
spermatozoïde heureux, de régir un
pays et peut-être le monde.

Jadis à Leicester s'asseyaient en rond
les édiles, chacun tenant sur ses ge-
noux un chapeau plein de haricots.
Une truie alors introduite, faisait premier magistrat celui dont son groin
avait honoré les féculents. A Grimsby,
chacun présentait à un jeune veau une
botte de foin. — Fort bien : mais que

mieux ne faisait-on manger cette pro-
vende aux candidats, élisant le plus
prompt à la boulotter ?

> « *A l'unanimité hors la voix*
> *d'un homme ivre, cette assemblée*
> *de citoyens libres... »* (IBSEN).

La troisième République du hasard
d'une voix naquit : l'un au moins sans
doute des votants élu lui-même à une
voix. Rencontrant battre les murs un
de ses mandants, celui-là put réfléchir
(si ceux-là plus que ceux-ci réfléchis-
sent) : — C'est de par ce poivrot que le
pays et moi — jouissons de nos libres
institutions (1).

Il demeure encore quelque dignité
dans la dégradation à se consentir le

______

(1) Se souvient-on qu'un adversaire déclaré,
diabétique et retenu par sa vessie, n'arriva
en séance que le vote acquis ? Ce régime sor-
tit donc d'un pot de chambre : et le régime
adverse en fût sorti aussi bien ; quel régime
plus ou moins d'un pot de chambre ne sort ?
« 24 juin 1871. Je suis à Versailles... Cepen-
« dant l'intérêt du drame qui se joue dans ce
« palais m'attire et me fait vaguer dans les
« rues avoisinantes. Dans ces rues, je suis
« effrayé de la quantité des pharmacies nou-
« velles qu'a fait éclore l'Assemblée, et devant
« l'exposition de tant de pains de gluten.
« (*Journal des Goncourt*) ».

valet d'un grand, et l'on semble participer à sa grandesse ; pour se faire le laquais de la multitude, il faut avoir toutes pudeurs abdiqué.

— Notre Père qui êtes aux cieux, donnez-nous aujourd'hui notre bain quotidien !

Voilà quel *Pater* imposent à l'honnête homme les époques où tous parlent au nom de l'honnêteté.

Aussi bien que commander, obéir est une vocation, et jamais impunément enfreinte.

Un croyant est un homme libre, le plus libre des hommes. Le dévot est soumis d'avance à tous et à tout ; on ne le dirait être tel que pour mieux être sûr de ne jamais manquer de maître.

Un dévôt est celui qui, sous un pape athée, serait athée.

Bien des citoyens accepteraient le martyre, qui seraient prêts à toutes les lâchetés pour éluder une contravention.

Vous monteriez joyeusement, je le sais, à l'échafaud, Monsieur le Curé, mais je sais aussi que vous trembleriez d'envoyer au bûcher un hérétique. L'hérétique n'est-ce donc pas vous, dès lors ?

« *Consciences robustes* ».

Je ne vois qu'un équivalent au sublime :

« Qu'importe la disparition de vulgaires humanités, si le geste est beau ? »

C'est : « Tuez-les tous : Dieu reconnaîtra les siens ».

Que c'est loin tout cela !

La foule est femelle. Toute force elle la hait, et se courbe, tel le fauve au dompteur, telle la femme au mâle.

Dans une démocratie, le succès est aux hommes décoratifs.

— Populaire: aux beaux torses, bourgeoise, aux belles barbes.

L'époque du chiffre et du métal abjure toute survie : Un Paradis ici-même et sur l'heure ! et se rue à le réaliser.

Conséquence providentielle : des cataclysmes industriels les cuisant tout vifs par centaines, et des batailles, volcans de mille canons en démence sur cinq cent mille humains hurlant. Si ce n'est le Paradis c'est au moins l'Enfer immédiat.

Il est un huitième péché capital : il s'appelle le Désespoir (le pessimisme, pour parler argot). Israélites et Réformés en sont l'exemple.
L'Eglise ne le nomme pas pour ce qu'il est le propre nom de Satan lui-même.

Il est bon de croire à Dieu ; il est essentiel de croire au Diable.

Qui croit au Diable est un fou peutêtre ; qui s'y refuse est sûrement un sot.

Qui n'a pas vu le Diable n'a jamais vu Dieu.

Mon chien en son langage ce soir me disait :
— Plains celui qui dans la campagne à l'angelus se peut garder placide.

Un seul athée a eu le courage de

pousser la doctrine jusqu'à son logique aboutissement : c'est le marquis de Sade.

« *Sonner le temps* ».
(Adrien Mithouard : Traité de l'Occident).

Le Moyen-Age inscrivit son génie dans : l'horloge, et — horloge dans l'espace — le chapiteau de ses piliers d'église. (Tout architecte me comprendra).

Les entours de l'an mil, par deux symboles, réglèrent pour mille ans le monde ; l'horloge de Gerbert d'Aurillac, moine et pape ; la main de Justice de Hugues Capet, plus puissante que le globe impérial, dévolue aux rois de France par le « Jugement de Dieu » de Fontanet.

« Un monde où l'action n'est pas la sœur du rêve » : tous presque; sauf celui où le pâtre d'Aurillac se réalisait grand savant et grand pape, l'artisan Eloi ministre et saint ; le diplomate Alighieri théologien et poète; le saint de Poissy, guerrier et grand roi, etc.,etc...

S'ils n'avaient tant poursuivi la qua
drature du cercle et la pierre philoso-
fale, les gens du Moyen-Age n'eussent pas
dressé les cathédrales.

La force du Moyen-Age vint de mépriser le lendemain : comme nous, par
motif inverse, pensant : Après nous —
non le Déluge — mais, le Paradis.
Ainsi se vouait-il tout à l'effort pré-
sent comme nous à la paresse actuelle.

— Pourtant, le nierez-vous ? nous en
savons davantage qu'hier, et demain en
saura davantage qu'aujourd'hui ?
— De plus aujourd'hui ce que d'a-
vant-hier hier oublia ; de plus demain
ce que d'hier oublia aujourd'hui.

A la mémoire du chevalier
de Grammont.

Histoire. — Quand, envahis par les
gens de négoce et de grimoire, les con-
quérants ne purent plus jouer leur sang,
plutôt que déchoir dans cette roture,
ils jouèrent aux cartes, et trichèrent :
c'était encore conquérir.

Deux races : mâle et femelle ; guer-

rier, poète, artisan..., et rhéteur, critique, agioteur...; conquérant et esclave;
loyal, et bigle; droit coutumier et droit
écrit. Robin équivaut à laquais : d'où
l'à-propos superbe du fouet à chiens de
Louis XIV. La revanche fut le bénin
couperet de Maître Robespierre.

La « Renaissance » empoisonna la
fille avec la mère : la Joie, la Foi — au
moyen de deux virus : le libre-examen,
la vérole.

Voltaire, Jean-Jacques : Jésus-Christ
mourut entre deux larrons; la société
chrétienne entre deux laquais.

Le laquais Jean-Jacques masturbe
haineusement son maître en vagissant
de fraternitaires psaumes.

— Och ! och ! rugit l'Allemand; hip !
hip ! l'Anglais; zitto ! le Grec... à chaque
peuple son *vivat* qui l'exprime, — hors
le plus ardent et racé de tous. — Le
Français en avait inventé deux pour
un, et sublimes : Gai, gai ! et Noël ! Il
les oublia, s'oubliant.

L'Anglais veut la possession, l'Allemand l'usage, le Français la propriété.

C'est certes un Anglais qui proféra :

— L'argent est rond, c'est pour rouler.

— Non, répliqua le Français : il est plat, pour être empilé.

Anglais rapace, Italien cupide, Allemand vorace, Français économe.

Toutes guerres entre Angleterre et France reviennent à des guerres civiles : pourquoi toujours instantes, et populaires toujours.

Les Anglais — force — manquent à la notion du ridicule, pour n'avoir — faiblesse — la notion des nuances. Un seul y sut sourire, le divin Shakespeare, et il était Normand.

L'Allemand, porte la bosse de la soumission, l'Anglais, du respect, le Français, de l'enthousiasme.

Le Français s'enivre à violer le destin ; l'Allemand est le serf du destin.

Une heure plus tard survenu, Blücher

aidait peut-être Napoléon à écraser Wellington.

Race si soumise qu'elle se trouve toujours à point pour le coup de pouce qui précipitera le maître chancelant.

« Boire en Suisse » interjecte le Français réellement révolté (boire en Allemand cela signifie-t-il) : l'Allemand boit pour boire, le Français pour converser, et ci gît tout l'adverse des deux races.

Un Français ne pisse jamais seul.

« L'Architecture est une musique rigide »,

Il serait bien grave aux Français d'être durs d'oreille, bien grave aux Germains d'être dénués du sens de 'architecture, — s'ils ne possédaient : ceux-là le sens de l'architecture, ceux-ci e sens de la musique.

« Quand le bâtiment va, tout va ». Proverbe d'architecte, proverbe de Français.

— C'est les bois du Parisis qui à mes

cathédrales inculquèrent le vitrail, l'arc-boutant et l'ogive sublime.

— Ma forêt hercynienne m'enseigna la Symphonie.

En son architecture un peuple se révèle.

Tout Français est un peu brise-tout, et beaucoup conservateur.

« L'internationalisme » français est un résidu de sa courtoisie nationale : tout comprendre, tout enceindre, tout conquerre.
L'internationalisme germain s'appelle pangermanisme; slave, panslavisme.

La sublimité de la double flèche d'une cathédrale française sort de ceci : résoudre cet impossible après quoi s'épuisaient l'arc-boutant et l'ogive : sous nos yeux deux parallèles se rejoignent dans l'infini. Le miracle des deux mains jointes.

Je n'ai point vu Tempé ni Salamine; mais ta vallée, ô Seine, m'atteste que le peuple entre tes bras bercé était prédestiné à surpasser l'univers.

La France est une constellation de jardins.

La France est une harmonie de contradictions.

La France semble une fiction géographique, un paradoxe ethnique, résolus par un équilibre mouvant.

Un Français, un Anglais, un Italien de haute caste, imagent la perfection humaine.

Rendez-vous de l'humanité, la France se fait selon les temps, son auberge, sa pissotière, ou son jardin.

Vous doutez de vous, Français, à voir tel illustre barbare (Goëthe, Nietzsche, Tolstoï...) s'extasier sur vos hérauts médiocres, et mépriser vos vrais grands hommes. C'est que ceux-ci sont trop hauts pour eux : ils ne comprennent pas.

Pour l'âme née à la beauté, la France depuis Athènes demeure le seul asile encore, avec le seul autel (pour combien de jours encore ?).

Epitaphe :

« Quand elle disparut le monde fut hagard ».

Il y a le Noir, la Femme, le Jaune, etc... et il y a l'Homme.

Malgré d'instables adultères, davantage se distingue un Jaune d'un Noir, un Sémite d'un Jaune, un Slave d'un Gaulois (etc...) qu'un homme d'un chimpanzé.

Une religion est une race. Il fut des catholiques avant le Christ, il en fut dès l'aurore des temps, comme il fut des Sémites, des Mongols, etc... Contre la race rien ne prévaut.

Une morale est une diathèse. Des familles, des cantons deviennent Protestants, comme d'autres tuberculeux, comme d'autres calculateurs (1).

____

(1) Tout ceci dit impersonnellement. L'auteur a entretenu de bonnes relations avec Protestants et Juifs, comme avec des Catholiques, à part que les uns et les autres le considèrent pour un *minus habens* — à charge de revanche.

« *Détruis jusqu'aux ruines* ».

(Marcel Schwob).

De toute l'humanité, une race, une seule — et c'est sa force et sa faiblesse — ne put jamais inventer en art, en n'importe quel art : la fatale race errante au cœur triste qui transporte éternellement par le monde le reflet des trente deniers. Elle n'a au fond d'estime pour personne, elle a pour toute chose une estimation.

Du zénith au nadir la verticale du front au menton, de l'ouest à l'est l'horizontale des deux yeux ; à l'intersect, gnomon de ce cadran *solaire*, le promontoire rectangle du nez ; de profil, la perpendiculaire croisée de l'angle facial ;

du suastika védique (il signifie : *Ainsi soit-il*, en sanscrit) à la croix gammée de Notre-Dame de Paris :

le signe de la croix est le blason de l'Homme.

.   .   .   .

Beau, Vrai, Bien, forment d'insubstituables équivaloirs.

L'Art est une dextérité au service d'une révélation.

Tout art est à la fois mensonge et vérité.

La Beauté est la sensation d'une relation juste, que l'Art relate aussi parfaitement qu'il peut.

L'Art est une quadrature du cercle infiniment approchée ; le fini définissant l'infini, et la Beauté, la définition.
L'Art est une métamathématique.

Plume, burin, marteau, il est un seul art : il s'appelle architecture.

La Beauté se vérifie par les lois du pendule.

Dans l'Art comme dans la vie, 1 et 1 font n'importe quoi sauf 2.

La Poésie fait voir autre chose à travers ce qu'elle montre.
La Poésie est le sens de l'identité.

Le Poète pense par logarithmes.

La *Victoire de Samothrace* est un effet de la gravitation universelle.

Tout poème est figure de danse ou rien.

La Poésie est une philosophie qui se rêve.

Poète et Paysan.— Dans cette pomme que vois-tu ?

— Une pomme... elle est ronde... elle est rouge... est-elle bonne à manger ?

— J'y vois, moi, dit Newton, l'univers en révolution.

Le mystère est la moitié de la beauté.

La nuance mène le monde.

Entre de l'arc-en-ciel les deux nuances les plus proches, il y a place pour tout l'univers.

Un symbole est la révélation de l'univers à travers tel de ses phénomènes.
Les symboles sont l'écorce du monde.

Derrière tout philosophe un homme se dissimule ; à travers le poète, l'univers entier resplendit.

Parente pauvre, la philosophie, quand la poésie sommeille, se pare de ses robes, retournées.

L'Art est le plus luxurieux des luxes, ou la plus luxueuse des luxures.
Toute luxure est luxe, ou tout luxe luxure :
Inutile, donc nuisible à l'être animal, indispensable à l'être spirituel

Copier c'est s'efforcer vers la mort.
Jamais n'innoveras-tu qu'à force d'imiter.
Soyez les chiens de la nature, non son singe.

On n'apprend pas mais retrouve; on n'invente pas mais découvre.

L'imagination est le don d'évoquer du réel.

Que prenne pied sur son temps le poète, afin de le dominer.

De l'actuel extraire l'historique, ouvrage de bon ingénieur; de l'Histoire tirer la Légende, œuvre de poète.

Un poëte doué de mémoire, c'est bon tout juste à faire un romancier.

Le poëte ingénuement possède la sagesse de percevoir une fleur plus émouvante qu'un homme. A quoi faut-il au sage fort longtemps pour atteindre.

Combien fallut-il distiller d'âmes humaines pour congruement chanter les amours du papillon et de la rose !

Shakespeare, Balzac. — Un romancier a ou non la croyance en Dieu ; le poëte a la présence de Dieu.
(Pour quoi le romancier est plus ou moins pessimiste, et le poëte optimiste toujours).

— Ça pèse plus qu'une plume, ricane Tubalcaïn en sueur brandissant son merlin.
Archimède sourit sans répondre.

Sache inventer des lieux communs ; lieux surhumains d'être humains tellement.
Point de littérature : point de calligraphie ; mais le vibrement que de tout

l'univers reçoit, à tout l'univers repasse, de ton cœur le moindre battement.

Que soit le poète un imitateur de Jésus : son œuvre une viande où le plus simple avec le plus fin, trouvent une perpétuelle pâture ; une chanson dont les petits enfants dans mille années rediraient le refrain.

Un grand artiste est maître de son art ; le grand homme est supérieur à son art.

Savants, artistes, leur témoignage tous les vingt ans se retourne ; mais de celui des artistes la trace demeure ; des autres c'est fumée.

Le poète, depuis l'origine, prononce une toujours même parole : éternelle. Il est une manière de prêtre.

Des savants un jour prouveront par raison démonstrative qu'une vierge enfanta une fois, par opération spirituelle, un homme en qui s'était incarné... etc., etc.

On peut avec la science faire de la

poésie, comme on le peut en sculptant l'image d'un chou. Avec tout le poète fait de la poésie.

Il y a le rimeur et il y a le poète.

Un pur savant c'est une espèce de romancier : cela n'a pas d'idées générales.

Ce qui subsiste de la science est la poésie qu'à son insu y inscrivit un poète qui ne se croyait que savant.

« *Faire une perle d'une larme.* »

Un marbre beau comme une fleur, voilà l'œuvre d'art.

La belle œuvre n'est achevée jamais ; telle une cathédrale, tel un arbre, tel un homme digne de ce nom.

Apprends à admirer.

Rends-toi forgeron, ferronnier, orfèvre ; et demeure architecte toujours.

Ne gaspille point l'encre.

Ecrivain, que l'effort qu'il te fallut, devienne chez le liseur une aisance égale.

Qui prétend faire œuvre, pour pôles ces deux préceptes se fixera : — « L'art est long et courte la vie », et : — « Le temps et moi ».

Poète, songe à laisser un Homère : et dusses-tu aboutir à un père Gagne, c'est mieux encore que laisser un Ponsard, ou un Mendès.

Inexcusable d'écrire un vers celui qui ne se croit commencer un morceau d'Iliade.

Shakespeare, le grand Corneille, ne comptent pas un dévôt de plus que de leur vivant ; ils ont Elisabeth et le grand Condé en moins ; pas un admirateur de plus Homère : quelques nouveaux Zoïles.

Des boucs cramponnés au rocher, tout essoufflés d'avoir si haut grimpé, soudain une hirondelle est descendue du ciel : — « Par quelle route ? Comment ? Et de quel droit t'exemptes-tu du sentier des boucs ? » Déjà délassée, l'hirondelle, sans même avoir entendu, à nouveau disparaissait.

L'art est au-dessus de l'intelligence comme la beauté au-dessus de la raison.

Le chimiste : — La beauté est une insolente !

Un critique est un eunuque marchand d'amour ; c'est un qui veut peser les nuages passant.

Bête comme un peintre.
Sot comme un musicien.

L'écrivain, poète à part, n'est point bête ni sot ; vétilleux, maniaque, glorieux, envieux, il réunit les tares des vieilles filles, des comédiens, et des bureaucrates.

Etre bête s'arrange avec avoir du génie : Zola, Puvis de Chavannes, Tolstoï; ce génie peut être bête à la fois que plein d'esprit : Hugo. Mais le génie supérieur, c'est le vertige lucide d'Apollon : Shakespeare, Corneille, Stéphane Mallarmé.

Le chanteur de café-concert figurerait le plus vaniteux des êtres si les rimeurs n'existaient pas.

Il est quelque chose de plus haineux que les vieilles femmes, c'est les jeunes écrivains.

— Il faut un *a*, observe le passant au badigeonneur qui vient de tracer « *Boulengerie* » sur le mur.
— Imbécile, attendez au moins que ce soit sec pour parler de ce que vous ne connaissez pas. Ceci attend, bon ou mauvais, tout critique.

Avec équité les journalistes de carrière servent à l'écrivain au journalisme tombant, ce joyeux mépris des filles publiques pour la mondaine que quelque aventure déverse à Saint-Lazare.

.   .   .   .

L'amour est deux oscillations isochrones.

> — *Miséricorde, tu es ivre ! — Tu es bien amoureux, toi : c'est encore plus dégoûtant.* (WILLY : Un Vilain Monsieur).

L'ivrogne révolte notre glorieuse sensibilité ; il titube, vomit et roule sur le sol et comme une brute s'endort à même cela. et détraque sans retour son gouvernail sublime. Hélas ! l'amour nous pousse à des excès pires : jusqu'aux plus vils, nul égarement où il ne s'abandonne. Et lui ne se restreint pas à quelque folie brève ; pas plus non plus ne savons-nous s'il nous prendra ou non, ni quand ni jusqu'à quand : il peut bien nous garder jusqu'au terme de notre vie et le précipiter, après des dégradations de toute sorte auprès de quoi l'ivrognerie est une faribole.

> *« L'homme n'est qu'un roseau, mais c'est un roseau pensant ».*

On se vole, on se trahit, on s'extermine, on s'entredévore — tout ceci est peu encore : c'est la vie — ; mais on se meurt, on se ressuscite, on invoque Dieu, les fleurs, les étoiles et le Diable; on est vraiment prêt à tous héroïsmes et toutes infamies, dans le but de cela : introduire quelque chose de pas très beau dans quelque chose de jamais absolument propre.

Ceci mieux que tout peut-être démontre le sublime de l'homme : que d'une opération au fond toujours vile et grotesque, il ait su extraire tant de sublimité.

Un homme nu (fatalement on pense : « à poils ») : remuante machinerie d'os, muscles, tendons, veines ; et cette forêt, la barbe ; cette autre, la tignasse ; et les aisselles... du poil partout, enfin : à peine prend-on attention à l'autre tignasse, celle-là qui si nécessairement ombrage un fier muscle là tapi.

La femme ! toute blancheur et roseur, ô crème ! où rien qui rompe l'adorable modelé. Et brusquement, là, inattendue, stupéfiante, une crevasse saigne, avec une forêt noire autour : et c'est la femme toute, buisson de roses où une bête fauve dissimulée.

Toute femme est plus ou moins désirable et plus ou moins repoussante.

Mais si la beauté résulte d'une harmonie, il n'est de femmes belles que dans les musées.

A la fenêtre. — Voyez : un homme

marche ; son front guide, et le reste suit. Une femme, c'est ventre et croupe, et ballottés en aveugles par l'ampleur énorme des cuisses. Vous ne sauriez imaginer un homme sans tête ; une femme, cela n'en irait que mieux, délestée de son instable petite boule toujours près de s'envoler : réellement ce petit corps aux trop courtes jambes y regagne son harmonie instantanément.

L'amour est chez le mâle une évacuation.

Les hommes ont plus ou moins une conscience au cœur, une aux reins, une au cérébro-spinal, une au grand sympathique... Plus heureuse, la femme en tient une seule, laquelle gîte en son giron.

Notre hypocrisie baptise dernier outrage le suprême hommage et quoi encore en somme, sinon la façon la plus franche d'une honorifique galanterie.

L'importance arrogée par la besogne amoureuse vient des obstacles dont l'entravent les sociétés.

La femme sur l'homme se moule comme l'eau sur le creux d'un vase.

Eternel compagnon déloyal et candide.

La femme raffine : c'est non la vérité seule, c'est le mensonge lui-même qu'elle farde, et farde alors de quelque grain de vrai, fraudant ainsi jusqu'à la fraude.

La femme a le sens aigu de la réalité immédiate, et faute de sens géométrique, n'a pas celui de la vérité.

Une femme sait rarement elle-même si elle ment ou non.

Nulle vérité n'est bonne à dire aux femmes.

S'il te faut débattre avec une femme quelque affaire d'importance, l'élémentaire prudence te prescrit d'aller visiter tout d'abord une courtisane consciencieuse.

« Ne jamais défier un fou de commettre une folie » : proverbe; à l'égard d'une femme, maxime.

Il arrive qu'une femme pardonne le mal qu'on lui fit ou même le mal qu'elle fit ; elle ne pardonne guère le mal qu'on l'empêcha de faire.

Logique. — Une dame passait aux assises, qui s'était amusée à, pendant qu'il dormait, trancher le col à son mari. — Et pourquoi enfin, lui demanda le président ? — Mais parce que la vie ne m'était plus vivable.

— Cet homme qui passe, me dis-je, à quoi songe-t-il, où va-t-il (etc.) ? Et d'une femme rien autre sinon : Avec quel homme va-t-elle coucher ce soir ?

Qui déblatère des femmes s'avère, femme un peu.

Aux femmes le plus aigrement reprochons-nous les vices que précisément nous partageons avec elles.

Quo non ascendam ? — Quoi de plus joli qu'une jolie cheville ? rien, sinon une jambe jolie. — Quoi de plus suave qu'une jolie jambe ? rien, sinon une cuisse riche. De plus suprême qu'une belle cuisse ?

— Par grâce arrêtez-vous ?

— C'est mon intention (je n'osais le dire).

Comment honnêtement transcrire cette remarque cependant essentielle ? Voilà une chose, et seule, où nulle femme ne répète l'autre, où toutes déploient un art, qui vraiment atteint le génie : la gymnastique amoureuse. C'est merveilleux. Don Juan en ses mille et trois n'y rencontra certes pas un double.

C'est pourquoi toujours il en voulait, cet artiste sublime ; et pourquoi hélas il y devait mourir, ce héros !

La femme, il le faut avouer, ne se lave guère que contrainte. Dieu le voulut ainsi, aimant les familles nombreuses.

Mais elle se parfume avec passion, et raison : *contraria contrariis...* Tout cela effet d'un entraînement providentiel vers toute chair en travail, ainsi les mouches véhicules, et qui la prédestine à tous les dévouements, de la garde-malade, ou de la courtisane.

— Riez ! crie à don Juan Arnolphe à travers ses sanglots, riez ! Je vois distinctement venir une Agnès boîteuse, idiote, pustuleuse, hargneuse ; et que vous serez son esclave, et que vous mourrez d'amour pour un regard d'elle, qu'elle ne daignera vous jeter jamais.

Il semble que les femmes obéissent à une mission providentielle ; on ne cite guère de vrai grand homme qui ne fut leur martyr.

Le vrai, si tu veux connaître le vrai sur les femmes, écoute n'importe laquelle discourir sur n'importe laquelle : tant elles sentent, croirait-on, que le pire méfaire qu'elles se peuvent est dire la vérité. La seule occasion où femme point ne mente, c'est parlant d'une femme.

La force de la femme s'appelle la lâcheté de l'homme.

Ce n'est pas l'homme que la femme aime — elle le hait — mais l'amour : et chaque fois s'y pipe la vanité virile, et puis sottement accuse la femme de l'avoir dupé.

La femme, jamais sincère devant l'homme, l'est toujours devant l'amour (où l'homme guère), et de l'être ne saurait s'empêcher.

Toujours se voudra l'homme de goût suprêmement courtois ; traiter la femme en déesse est la sorte, la mieux séante de la prendre — comme elle y tient au fond — pour un animal.

Tenter de ranimer un expirant amour en pélerinant vers les souvenirs de son aurore, est vain autant et presque autant laid que, affaibli, se réchauffer à des imageries polissonnes.

Ne jamais croire ou bien croire toujours. Beau mérite, croire sur l'évidence, et bien chétif amoureux, qui ne croit pas, au besoin, même contre l'évidence !

Si vous voulez qu'une femme entende : blanc, fort mal à vous serait-il lui annoncer : noir. Mais lui dire : orangé, amaranthe, mauve, etc… et qui sait ? blanc : selon qu'elle est blonde ou brune,

ou rousse, selon le quartier de la lune
selon surtout l'époque du mois.

La belle-mère d'un gendre le favo-
rise bien plus souvent qu'un préjugé ne
pense, et dès lors ennemie sourde de
sa fille ; et ne change de haine que
devant l'échec de détacher cet homme
de cette femme.

Inversement ; la belle-mère d'une bru
hait dès l'abord, cette femme qui lui
ravit son fils, cet homme.

Une femme pardonne à un homme,
parfois ; à une femme jamais.

L'homme dans la société est ce que
la femme le fait, et le demeure.

L'homme naît polygame.

L'homme civilisé naît polygame, vit
androgyne, et meurt misogyne.

Le mariage enseigne enfin à l'homme
cette vertu féminine, la dissimulation.

Toutes les filles sont belles au mois
de mai.

Un mariage d'amour est une maison

de rendez-vous ne s'ouvrant que du dehors.

Tu te crois le premier qui épousas cette vierge, insensé ? elle porte en elle sa mère, et ses sœurs, et toutes ses amies, et ses frères, et quoi encore ! Son affection pour toi durera neuf mois, ou neuf semaines, ou neuf ans ou plus, et après, au premier craquement, tous ceux-là qui premiers la possédèrent, son cœur retournera, oubliant tout, vers eux.

Si j'étais législateur, ou moraliste, aux adultères je ne permettrais pas le mariage, je les y contraindrais.

A mère catin fille maquerelle.
A mère maquerelle fille béguine.

Proverbe russe : — Ta mère te pleurera jusqu'à la fin de ses jours, ta sœur jusqu'à sa bague de fiancée, ta veuve jusqu'à la rosée du matin.

« ... *Sainte Françoise Romaine*, veuve (1384-1440). Elle vécut quarante ans avec son mari sans qu'il y eût entre eux le moindre dissentiment. Elle voyait en lui la présence de Jésus-Christ ; pour lui obéir, elle n'hésitait pas à abandonner ses exercices de dévotion : — C'est, disait-elle, quitter Dieu pour Dieu. (*Bulletin de l'OEuvre de Saint-François de Sales*) ».

Et voici cinq cents ans... ! Et on la canonisa pour l'inouï de la chose ! peut-être aussi, hélas, pour l'exemple... Ah, chère Epouse, un éclat d'auréole te tentera-t-il jamais ?

« *Feri ventrem* » ou : Matrices modernes :

— Oh, ma chère, j'ai bien « peur » qu'il me vienne un bébé !

— Oh, voyons, ma toute belle, où se logerait-il ?

Jeunes ménages. — Mme X... — Il n'y a qu'un homme au monde qui vaille quelque chose et c'est moi qui l'ai pris.

Mme Z... — Mon mari est parfait.

Moins jeunes :

Mme X... à Monsieur. — Je ne connais qu'un homme parfait, c'est le mari de Mme Z... : il sait commander, c'est un homme, lui !

Mme Z... à Monsieur. — Je ne connais

qu'un homme parfait, c'est le mari de Mme X... : au moins lui sait obéir.

— Je voudrais tant apprendre la patience !
— Mariez-vous donc, de par Dieu !
(Que « Je » soit homme ou femme).

Du moins fut-ce par un taureau que l'épouse de Minos fit encorner son époux; mais vos femmes, leurs juments de mères avec des ânes ont trompé les leurs.

Devant la sagesse de leurs maîtresses, un rien vexés tout de même et quand même admirant, les maris clament : Quelles épouses cela nous eût fait ! Et devant leur enfer domestique, vexés tout à fait, ils soupirent, bien bas : Hélas, cette terrible épouse, l'exquise maîtresse eût-elle composé !
Et ils ont, là et là, raison ! Retenez le rire.

Elle. — Où est-il, le temps où les enfants respectaient leurs mères ?
Lui. — Avec celui où la mère respectait son époux (mais il ne s'enhardit point à l'exprimer tout haut).

Une autre, calottant sa géniture. — J'aimerais mieux voir mes enfants morts que mal élevés !

Le papa (toujours tout bas, bien entendu). — Qui les élève ? (plus bas encore) : Lâche, que n'est-ce toi ?

Elle (le plus haut possible) : Oh, si tu devais ressembler à ton père...je t'étranglerais plutôt !

Lui. — Hélas, elle aurait raison !

Médée. — On a pu souvent voir la pensée de ses enfants arrêter un homme devant un grand crime ou même une grande action. Une femme, rarement.

Jusqu'en l'amour maternel et peut-être là surtout, la femme n'est presque jamais qu'égoïsme et vanité.

« Indra fait pleuvoir tous les biens, c'est une parole des Védas — se lamente Râma devant son frère étendu — mais il ne fait pas qu'il nous pleuve un frère ! (*Le Ramayana*). » Quand le ciel nous fait « pleuvoir » une bonne épouse, il nous donne mieux que frère, mieux que tous les biens.

La femme une fois touchée par l'amour conjugal s'y peut hausser à un sublime que l'homme n'atteint guère. Un tel amour alors surpasse tous les autres, même maternel, même sexuel : c'est comme un mélange de l'amour fraternel et de l'amour divin. Dans les guerres civiles, les proscriptions, où les pères dénoncent leurs enfants, les enfants leurs parents, les amis leurs amis, les serviteurs leurs maîtres, les épouses atteignent sans effort aux dévouements prodigieux.

Les femmes sont sourdes à la discipline ; elles n'entendent que la contrainte.

Plusieurs femmes aiment leur mari, leur ami ; mais il n'en est peut-être pas une que la haine du mâle au fond ne possède.

Cette chose par dessus tout à l'épouse doit demeurer sacrée, c'est la pensée de l'époux.

Toute famille couve un drame (1).

Quand plus l'amant ne finance, la courtisane l'exproprie. Quand défaut au ratelier conjugal le foin, Madame fait des scènes.

Cette femme lèche son chien comme elle embrasserait son enfant si elle en possédait, et cette autre embrasse son enfant comme elle ferait de son chien. Ainsi l'une et l'autre baisaient leurs poupées.

— Tais-toi donc, tu ne parles que pour dire des bêtises !
Console-toi, frère ; Socrate, Aristote, en ouïrent autant.

Une chemise distingue la femme d'une femelle. Souvenez-vous en, épouses.

La dignité de l'épouse se relèvera avec la dignité de la courtisane.

La loi autorise fille de quinze ans à

____

(1) *Proverbe arabe :* Toute maison a un crocodile dans sa citerne.

épouser un homme ; et plusieurs, point.
Ou la femme est mineure éternelle, ou
majeure dès que connaît la valeur de
son sourire.

Une courtisane est vierge à la façon
de la mer.

Le mariage est une déception amère
pour bien des femmes, et pour presque
tous les hommes.

Il est quelques femmes dignes de tous
les bonheurs, et celles-là hélas à peu
près toujours les plus infortunées.

Ce n'est point pour son plaisir qu'on
se doit marier.

Le berceau plus que le lit assure le
foyer.

L'épouse moderne est une courtisane
restreinte à un seul client.

— La gorge splendide de ma maîtresse.

Ce ne se dit point de son épouse. Respect ? heu ! Inquiétude ? ou bien que

les liens de l'hymen obnubilent toute splendeur ?

La femme doit s'offrir, non se donner.

— Si vous sevrez votre femme de certaines joies légitimes, elle les ira quérir ailleurs, prenez garde.

— Quoi ! en sont-elles donc là ! et nous, en sommes-nous là !

— Va ! et de tout temps (1).

— Ce n'est pas gai, soupires-tu pauvre fille, être la femme à tous les hommes, éternellement. Va, c'est vraiment triste autant, être la courtisane d'un seul, éternellement.

La plus abjecte maritorne montre quelque chose de Vénus.

Derrière toute femme remarquable autrement que par l'amour ou la beauté,

______

(1) Et puis quoi, réciproquement :

> *« Nupta tu quoque ; quœ tuus*
> *Vir petet, cave ne neges,*
> *Ne petitum aliunde eat :*
> *Io Hymen, Hymenœ io ! »*

cherche : tu trouveras toujours un homme.

— Soit, Messieurs, la supériorité de l'homme, nous sommes prêtes à en discuter !

— Un instant, Mesdames : il ne s'agit point de vous connaître capables ou non de par exemple évacuer des mots six heures d'affilée, mais de, ou non, discuter : lier des idées, ceci précisément distingue, et seul, les messieurs de tout le reste des animaux.

Quand la femme ne veut, ne peut, ou ne sait plus être femme, elle se travestit.

Conte de Fées. — ... Du temps que les bêtes parlaient, et que les femmes savaient se taire...

Epandre de l'encre, mouiller des pinceaux, représente chez les dames la plus fâcheuse des polyuries.

Le geste d'une femme jouant l'homme me semble aussi déplacé que celui d'un homme qui prétendrait allaiter des enfants.

*— Oh, le jour où tu seras notre égale,
quelle raclée! Légende de* WILLETTE.

— Si vierge forte en duel te provo-
quait, irais-tu ?

— Tudieu oui, et de mon glaive pour
houssine, ah, la plus ardente friction
sous quoi amoureuse ait tressailli jamais !

Devant l'abri de Vespasien, Pierrot
soulevant son feutre avec courtoisie, à
l'âme élue susurre :

— Et autrement, entrons-nous, chère
Egale, pisser? (1).

La mission de la femme, en société,
en art, en tout, Jeanne d'Arc le signifie :
elle élance les Lahire, ils emportent la
victoire.

Autresses, peintresses, diplomateuses,
suaves amphores non en vain fêlées, de
vous, tant soit peu éventés, tant soit peu
au hasard, fusent les élixirs dont innocemment nous nous complûmes à vous
emplir.

Le gamin devant une dame charmante

---

(1) M. Charles Régismanset, dans « *Contradictions* », naguère ici même édité, évoqua cet
historique propos.

ignoblement enceinte, s'écriant : — Faut-il être dégoûtant pour arranger une pauvre femme ainsi ! — exprimait une noble (et profonde) pensée.

La très belle femme ne saurait être sans crime aux labeurs du ménage et du mariage vouée.

Sans la femme, l'homme est incomplet, mais sans l'homme la femme n'est pas.

La femme n'est en soi animale ni humaine : une manière de divin ustensile. L'homme en fait un être.

D'une façon générale, le mari d'une trop belle femme est un voleur public. Et l'épouse devient complice qui ne se dévoue à le tromper le plus innombrablement.

Bien autrement nombreuses seraient les femmes adultères, si l'adultère ne nécessitait de coucher avec un homme.

La querelle des sexes s'éteindra le jour où la femme ne commencera plus de jouir à la seconde où le mâle finit.

Une bonne épouse est une bénédiction du ciel.

. . . .

L'esprit de contradiction est le branle de l'univers. L'esprit d'identité en est le moteur : Dieu.

. . . .

NOTRE PÈRE QUI ÊTES AUX CIEUX : AINSI SOIT-IL; oraison de joie et d'amour, première jaillie du cœur de nos premiers parents, les Catholiques alors nommés Aryas, dernier mot de toute notre humanité.

FAGUS.

Arras. — Imprimerie Répessé, Cassel et Cⁱᵉ.

Collection In-12 Couronne à 1 fr. le volume

www.ingramcontent.com/pod-product-compliance
Ingram Content Group UK Ltd.
Pitfield, Milton Keynes, MK11 3LW, UK
UKHW020939140726
13695UKWH00003B/1103